围炉夜话

(清)王永彬 著

中国长安出版传媒有限公司

图书在版编目（CIP）数据

围炉夜话 /（清）王永彬著 . -- 北京：中国长安出版传媒有限公司 , 2025.1. -- ISBN 978-7-5107-1157-2

Ⅰ . B825

中国国家版本馆 CIP 数据核字第 2024R8T864 号

围炉夜话

（清）王永彬　著

出版发行	中国长安出版传媒有限公司
社　　址	北京市东城区北池子大街 14 号（100006）
邮　　箱	capress@163.com
责任编辑	刘英雪
策　　划	黄　利　万　夏
营销支持	曹莉丽
特约编辑	高　翔
装帧设计	紫图图书 ZITO®
发行电话	（010）66529988 - 1321
印　　刷	艺堂印刷（天津）有限公司
开　　本	889 mm×1194 mm　32 开
印　　张	7.5
字　　数	55 千字
版　　次	2025 年 1 月第 1 版
印　　次	2025 年 1 月第 1 次印刷
书　　号	ISBN 978-7-5107-1157-2
定　　价	55.00 元

愁烦中具潇洒襟怀，
满抱皆春风和气；
暗昧处见光明世界，
此心即白日青天。

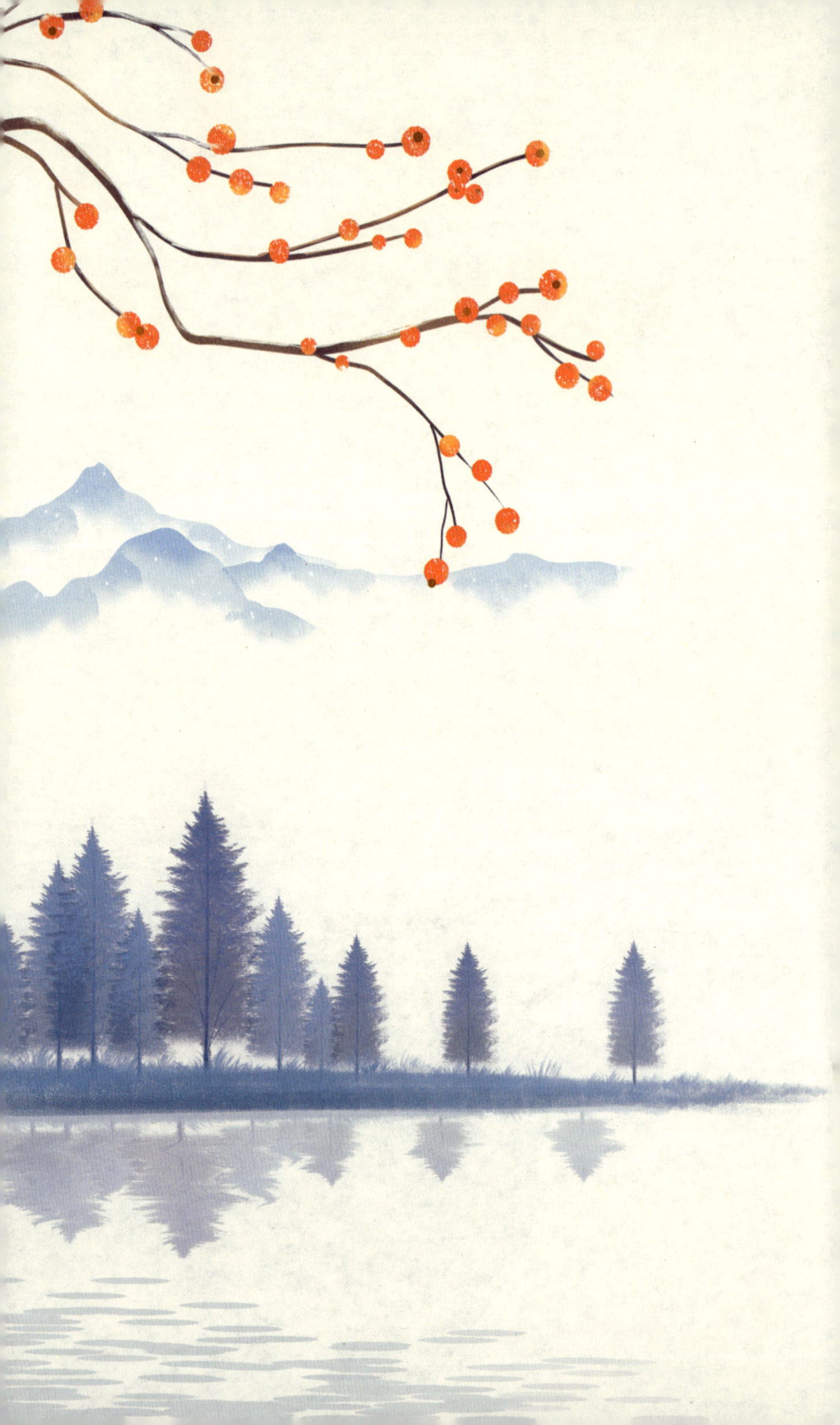

目 录

《围炉夜话》序

围炉夜话　一

莲朝开而暮合，至不能合，则将落矣，富贵而无收敛意者，尚其鉴之。草春荣而冬枯，至于极枯，则又生矣，困穷而有振兴志者，亦如是也。

序
Preface

寒夜围炉,田家妇子之乐也。顾¹篝灯²坐对,或默默然无一言,或嘻嘻然言非所宜言,皆无所谓乐,不将虚此良夜乎?余识字农人也,岁晚³务闲,家人聚处,相与烧煨⁴山芋,心有所得,辄述诸口,命儿辈缮写⁵存之,题曰《围炉夜话》。但其中皆随得随录,语无伦次且意浅辞芜⁶,多非信心之论,特以课⁷家人消永夜⁸耳,不足为外人道也。倘蒙有道君子惠而正之,则幸甚。

咸丰甲寅⁹二月既望¹⁰
王永彬书于桥西馆之一经堂

1 顾：但是。
2 篝灯：置灯于笼中。
3 岁晚：岁末。
4 煨：在带火的灰里烧熟食物。
5 缮写：誊写。
6 意浅辞芜：思想浅显，言辞杂乱。
7 课：督促。
8 永夜：长夜。
9 咸丰甲寅：咸丰四年（1854年）。
10 既望：农历每月十六日。

围炉夜话

第一则

教子弟[1]于幼时,
便当有正大光明气象[2];
检[3]身心[4]于平日,
不可无忧勤惕厉[5]功夫。

注释

1 子弟:子与弟,指子侄辈,亦泛指年轻的后辈。
2 气象:气概,指人内心外化成的言行态度。
3 检:检讨,反省。
4 身心:身,言行举止。心,思想精神。
5 忧勤惕厉:担忧不够勤奋,心存警惕。

第二则

与朋友交游[1],须将他好处[2]留心学来,方能受益;对圣贤[3]言语,必要我平时照样行去,才算读书。

※ 注释

1 交游:交际,结交朋友。
2 好处:人的优点和长处。
3 圣贤:品德高尚、才智超凡的人。

第三则

贫无可奈[1]惟求俭,
拙亦何妨只要勤。

※ 注释

1 无可奈：无可奈何，形容遇到事情时的无奈。

第四则

稳当[1]话,却是平常话,所以听稳当话者不多;本分人,即是快活人,无奈做本分人者甚少。

注释

1 稳当:妥帖且恰当。

第五则

处事要代人作想[1],读书须切己[2]用功。

注释

1 作想:设想。

2 切己:切身,密切联系自身。

第六则

一"信"[1]字是立身[2]之本,所以人不可无也;
一"恕"[3]字是接物[4]之要,所以终身可行也。

※ 注释

1 信:信用,诚信。
2 立身:安身立命。
3 恕:宽容,推己及人之心。
4 接物:有接触外物之意,这里指与人交往。

第七则

人皆欲会说话,
苏秦[1]乃因会说话而杀身;
人皆欲多积财,
石崇[2]乃因多积财而丧命。

※ 注释

1 苏秦：己姓，苏氏，名秦，字季子，战国时纵横家，东周洛阳（今属河南）人。口才极佳，游说六国合纵抗秦，使秦国不敢窥函谷关十五年，后至齐，与齐大夫争宠，被杀。

2 石崇：字季伦，晋朝著名富豪，南皮（今属河北）人。富可敌国，平日生活豪奢，终因此遭忌而被杀。

第八则

教小儿宜严,严气[1]足以平躁气[2];
待小人[3]宜敬,敬心[4]可以化邪心[5]。

※ 注释

1 严气:原指刚正之气,此处指严格刚正的态度。
2 躁气:轻率、性急的脾性。
3 小人:人格卑下的人。
4 敬心:尊重而谨慎的心。
5 邪心:不正当、邪恶的心思。

第九则

善谋生者,但令长幼内外勤修恒业[1],
　　而不必富其家;
善处事者,但就是非可否审定章程[2],
　　而不必利于己。

注释

1 恒业:家庭的固定产业及长久的可以谋生的事业。
2 章程:办事的程序和规定。

第一〇则

名利之不宜[1]得者竟得之,福终为祸;
困穷之最难耐者能耐之,苦定回甘。
生资[2]之高在忠信,非关机巧[3];
学业之美在德行,不仅文章。

注释

1 不宜:不合适,不适宜。
2 生资:人的天生资质。
3 机巧:本指机关,此处指投机取巧。

第一一则

风俗日趋于奢淫,靡所底止[1],
安得[2]有敦[3]古朴之君子,力挽江河[4];
人心日丧其廉耻,渐至消亡,
安得有讲名节[5]之大人[6],光争日月。

注释

1 靡所底止:没有止境。靡,无,没有。底,尽头。
2 安得:怎么才能够。
3 敦:淳厚。
4 力挽江河:竭力改变不良的局面。
5 名节:名誉和节操。
6 大人:品德高尚的人。

第一二则

人心统[1]耳目官骸[2],而于百体为君[3],必随处见神明[4]之宰[5];人面合眉鼻眼口,以成一字曰苦(两眉为草,眼横鼻直而下承口,乃"苦"字也),知终身无安逸之时。

注释

1 统:统帅。
2 耳目官骸:五官和身体。
3 百体为君:心为全身之主宰。百体,人体的各个部分。君,主体,主宰。
4 神明:人的精神、思想。
5 宰:主宰力。

一五

第一三则

伍子胥[1]报父兄之仇而郢都[2]灭,申包胥[3]救君上之难而楚国存,可知人心之恃[4]也;秦始皇灭东周之岁而刘季[5]生,梁武帝灭南齐之年而侯景[6]降,可知天道好还[7]也。

注释

1 伍子胥:名员,字子胥,春秋时期楚国人,因父兄为楚平王所杀,故投吴,佐吴王夫差伐楚,五战而破楚都郢,掘平王墓,鞭尸复仇。
2 郢都:楚国都城,在今湖北荆州北之纪南城。
3 申包胥:芈姓,梦冒氏,名包胥,又称王孙包胥。春秋楚国大夫,原与伍子胥为友,后伍子胥因家仇奔吴灭楚,包胥入秦乞援,于庭墙哭七日,秦乃出兵援楚,使楚得以保全。

4 恃：依靠，凭借。
5 刘季：汉高祖刘邦，字季。
6 侯景：本姓侯骨，字万景，南北朝时人，降梁武帝后又举兵反叛，破梁都建康，将梁武帝困于台城饿死。自立为帝，改国号为"汉"，称南梁汉帝。后因部下叛乱被杀。
7 天道好还：天道循环，善恶终有报应。

第一四则

有才必韬藏[1]，如浑金璞玉[2]，
　　暗然[3]而日章[4]也；
为学无间断，如流水行云，
　　日进[5]而不已[6]也。

※ 注释

1 韬藏：掩藏，深藏。
2 浑金璞玉：原指未经提炼的金与未被雕琢的玉。此处形容人天真淳朴，善良本真。
3 暗然：不明亮，昏暗的样子。
4 章：同"彰"，显明之意。
5 日进：每日进取。
6 已：停止，停滞。

第一五则

积善之家,必有余庆[1];
积不善之家,必有余殃[2]。
可知积善以遗子孙,其谋甚远也。
贤而多财,则损其志;
愚昧而多财,则益其过。
可知积财以遗子孙,其害无穷也。

注释

1 余庆:遗留给子孙的德泽。
2 余殃:遗留给子孙的祸患。

第一六则

每见待弟子严厉者易至成德[1],
姑息[2]者多有败行[3],
则父兄之教育所系[4]也。
又见有弟子聪颖者忽入下流[5],
庸愚者转为上达[6],则父兄之培植[7]所关也。
人品之不高,总为一"利"字看不破;
学业之不进,总为一"懒"字丢不开。
德足以感[8]人,而以有德当大权,其感尤速;
财足以累己,而以有财处乱世,其累尤深。

※ 注释

1 成德：成为有德行的人。
2 姑息：无原则地宽容、迁就。
3 败行：不好的品行。
4 系：关系。
5 下流：此处指品行卑劣、人格败坏。
6 上达：品性高尚。
7 培植：培养人才或扶持某种势力使其壮大，此处指教导、培养。
8 感：感化。

第一七则

读书无论资性[1]高低，但能勤学好问，凡事思一个所以然，自有义理贯通[2]之日；立身不嫌家世贫贱，但能忠厚老成，所行无一毫苟且[3]处，便为乡党[4]仰望之人。

※ 注释

1 资性：资质秉性。
2 贯通：彻底明了理解。
3 苟且：不合礼法、随便的行为。
4 乡党：乡亲，同乡。周制，五百家为党，一万二千五百家为乡。

第一八则

孔子何以恶[1]乡愿[2],只为他似忠似廉,
无非假面孔;
孔子何以弃鄙夫[3],只因他患得患失,
尽是俗人心肠。

※ 注释

1 恶:厌恶,讨厌。
2 乡愿:貌似谨厚,实则是与流俗合污,处处讨好他人的伪善者。
3 鄙夫:人格鄙陋浅薄的人。

第一九则

打算精明，自谓得计[1]，
然败祖父之家声[2]者，必此人也；
朴实浑厚，初无甚奇，
然培子孙之元气[3]者，必此人也。

注释

1 得计：计谋得逞。
2 家声：家世的名声。
3 元气：人的精神，生命力的本源。

第二十则

心能辨是非，处事方能决断；
人不忘廉耻，立身自不卑污。

第二一则

忠有愚忠[1]，孝有愚孝[2]，可知"忠孝"二字，
　　不是伶俐人做得来；
仁有假仁，义有假义，可知仁义两行，
　　不无奸恶人藏其内。

※ 注释

1 愚忠：不明事理地尽忠。
2 愚孝：不明事理地尽孝。

第二二则

权势之徒,虽至亲亦作威福,
岂知烟云过眼,已立见其消亡;
奸邪之辈,即平地亦起风波,
岂知神鬼有灵,不肯听其颠倒。

第二二三则

自家富贵，不着意[1]里；
人家富贵，不着眼[2]里。
此是何等胸襟！
古人忠孝，不离心头；
今人忠孝，不离口头。
此是何等志量[3]！

注释

1 着意：放在心上，留意，在意。
2 着眼：入眼，看在眼里，这里指在意，留意。
3 志量：抱负和气量。

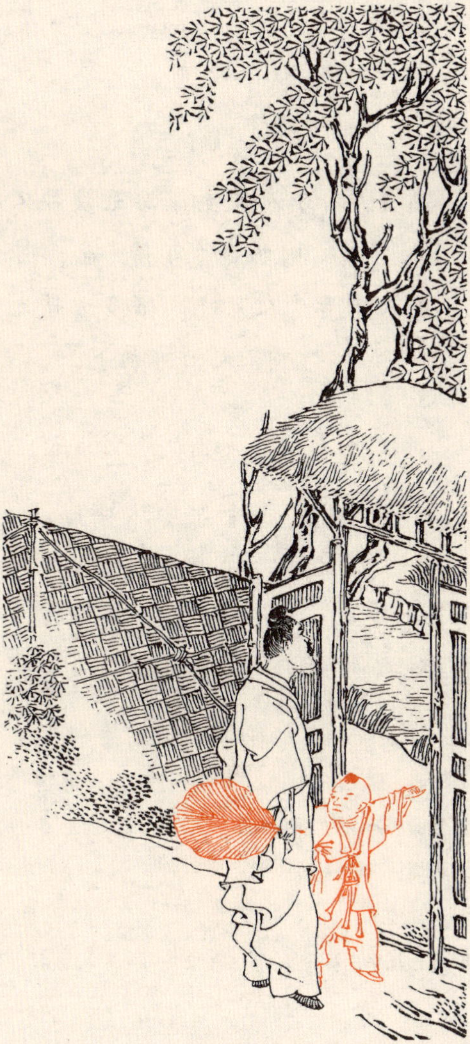

第二四则

王者[1]不令人放生，而无故却不杀生，
则物命[2]可惜[3]也；
圣人不责[4]人无过，惟多方诱之改过，
庶[5]人心可回也。

注释

1 王者：君王。
2 物命：万物的生命。
3 可惜：应该爱惜。
4 责：要求。
5 庶：几乎，差不多。

第二五则

大丈夫处事，论是非，不论祸福；
士君子¹立言²，贵平正³，尤贵精详⁴。

※ 注释

1 士君子：旧指有节操、有学问的人，后常指读书人，知识分子。
2 立言：著书立说，言论精要可传。
3 平正：持论公正，不偏颇。
4 精详：精细周详。

第二六则

求科名[1]之心者，未必有琴书之乐；讲性命之学[2]者，不可无经济[3]之才。

※ 注释

1 科名：原指科举的名目，此处指科举考试中取得的功名。
2 性命之学：讲求生命形而上境界的学问。
3 经济：经世济民。

第二七则

泼妇之啼哭怒骂，伎俩要亦无多，
惟静而镇之，则自止矣。
谗人¹之簸弄挑唆²，情形虽若甚迫，
苟³淡然置之，是自消矣。

※ 注释

1 谗人：喜欢用言语毁谤他人的小人。
2 簸弄挑唆：搬弄是非，挑拨离间。
3 苟：如果。

第二八则

肯救人坑坎[1]中,便是活菩萨;
能脱身牢笼外,便是大英雄。

注释

1 坑坎:本指坑坑洼洼、崎岖不平的道路,这里比喻艰难困苦的境遇。

第二九则

气性[1]乖张[2],多是夭亡[3]之子;
语言深刻[4],终为薄福之人。

注释

1 气性:脾气,性情。
2 乖张:性情乖僻或执拗暴躁。
3 夭亡:短命,早死。
4 深刻:严峻,刻薄。

第三十则

志不可不高，志不高，
则同流合污，无足有为矣；
心不可太大，心太大，
则舍近图远，难期有成矣。

第三一则

贫贱非辱,贫贱而谄求[1]于人为辱;
富贵非荣,富贵而利济[2]于世为荣。
讲大经纶[3],只是实实落落;
有真学问,决不怪怪奇奇。

注释

1 谄求:阿谀奉承。谄,奉承,献媚。
2 利济:有助益的事情。
3 经纶:古人整理蚕丝为经,编织为纶,统称经纶,引申为治理国家。

第三二则

古人比父子为乔梓[1]，比兄弟为花萼[2]，比朋友为芝兰[3]，敦伦[4]者，当即物穷理[5]也；今人称诸生[6]曰秀才[7]，称贡生[8]曰明经[9]，称举人[10]曰孝廉，为士者，当顾名思义也。

注释

1 乔梓：又作"乔梓"。因为乔木高大挺拔，梓木矮小，所以古人以乔木喻父，以梓木喻子，指代父子关系。
2 花萼：花、萼同出一枝，彼此相依，故常以此指代兄弟，形容和睦友爱的兄弟之情。
3 芝兰：芝，通"芷"。芷和兰皆为香草，也都可指代品德高尚的人，故以芝兰暗喻友谊。
4 敦伦：敦睦夫妇之伦，这里指人伦关系。
5 即物穷理：程朱理学认为格物就是穷尽事物背后的"理"。"理"先于物，事物是"理"的体现。该思想强调通过观察具体事物，深入探究其内在的道理。

6 诸生：在明清两代，"诸生"特指已入学的生员，这些生员通过科举考试选拔，进入各级学校学习。

7 秀才：别称茂才，读书人的通称。

8 贡生：在科举制度下，府、州、县生员（秀才）中成绩或资格优异者，会被选拔升入国子监读书，称为"贡生"。

9 明经：最初是汉朝选举官员的科目之一。参加"明经"科举的候选人必须精通儒家经典，特别是《诗》《书》《礼》《易》《春秋》五经，才能通过选举成为官员。此制度在宋神宗时期被废除。

10 举人：明清时期乡试中被录取的人。

第三三则

父兄有善行，子弟学之或不肖[1]；
父兄有恶行，子弟学之则无不肖；
可知父兄教子弟，必正其身以率[2]之，
无庸[3]徒事[4]言词也。
君子有过行[5]，小人嫉之不能容；
君子无过行，小人嫉之亦不能容；
可知君子处小人，必平其气以待之，
不可稍形激切[6]也。

注释

1 不肖："子不类父"，不像，不如。
2 率：做榜样，做表率。
3 无庸：不需要，不用。
4 徒事：仅仅。
5 过行：行为有过失。
6 激切：激烈直率。

四

第三四则

守身[1]不敢妄为[2],恐贻[3]羞于父母;
创业还需深虑,恐贻害于子孙。

※ 注释

1 守身:持守自身的行为、节操。
2 妄为:不守本分,妄自胡为。
3 贻:遗留。

第三五则

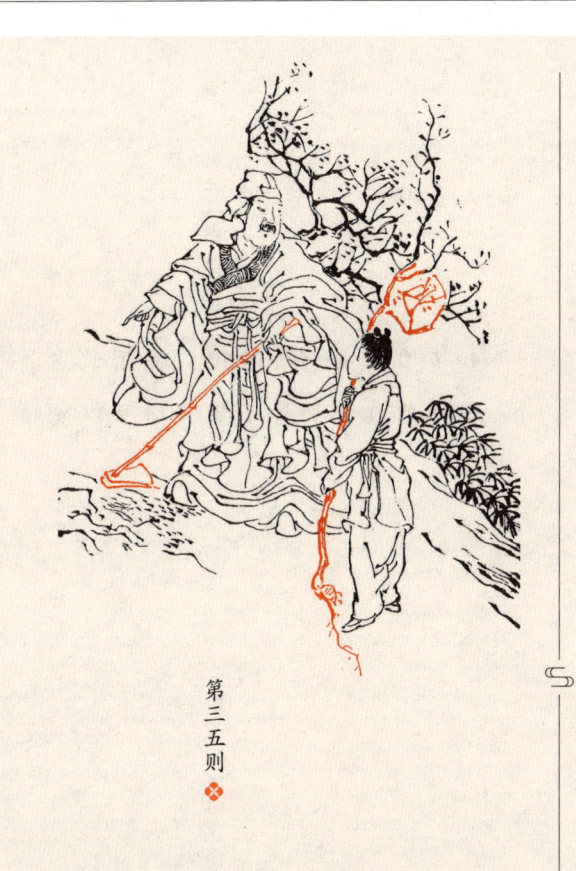

无论做何等人,总不可有势利[1]气;
无论习何等业,总不可有粗浮心[2]。

※ 注释

1 势利:对有财有势者卑躬屈膝,对无财无势者轻视、歧视的恶劣作风。
2 粗浮心:粗陋而浮躁的心。

第三六则

知道自家是何等身份,而不敢虚骄[1]矣;想到他日是那样下场,则可以发愤[2]矣。

※ 注释

1 虚骄:没什么真才实学,却妄自尊大。
2 发愤:下定决心,立志。

第三七则

常人突遭祸患,可决其再兴,心动于警励[1]也;大家[2]渐及消亡[3],难期其复振,势成于因循[4]也。

注释

1 警励:告诫勉励。
2 大家:旧指高门贵族,大户人家。
3 渐及消亡:慢慢地走向衰败颓亡。
4 因循:沿袭,守旧。

第三八则

天地无穷期[1],生命则有穷期,
　去一日便少一日;
富贵有定数[2],学问则无定数,
　求一分便得一分。

※ 注释

1 穷期:尽头,完结的时候。
2 定数:气数,犹言"定命",命运为天所定。形容事情的发展趋势已基本确定,难以改变。

第三九则

处事有何定凭¹？但求此心过得去；
立业无论大小，总要此身做得来。

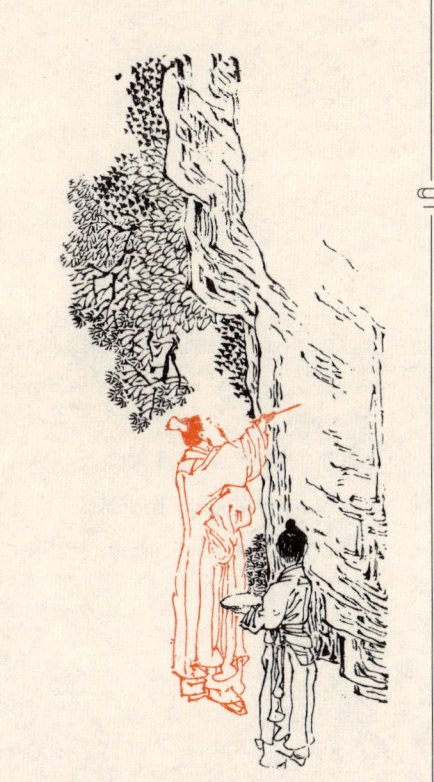

※ 注释

1 定凭：一定的依据。

第四〇则

气性不和平[1],则文章事功[2]俱无足取;语言多矫饰[3],则人品心术尽属可疑。

※ 注释

1 和平:中和平正,心平气和。
2 文章事功:学问和事业的成就。
3 矫饰:故意做作,多加修饰,掩盖事物的本来面目。

第四一则

误用聪明,何若一生守拙¹;
滥²交朋友,不如终日读书。

※ 注释

1 守拙:安于现状,不与他人费心争斗。
2 滥:不加选择,随意。

第四二则

看书须放开眼孔[1],做人要立定脚跟。

※ 注释

1 放开眼孔:比喻放开眼界和心胸。

第四三则

严[1]近乎矜[2],然严是正气,矜是乖气[3],
故持身贵严,而不可矜;
谦似乎谄,然谦是虚心,谄是媚心,
故处世贵谦,而不可谄。

※ 注释

1 严:严谨,庄重。
2 矜:矜持,拘谨。
3 乖气:邪恶之气,不正之气。

第四四则

财不患[1]其不得，患财得而不能善用其财；禄[2]不患其不来，患禄来而不能无愧其禄。

※ 注释

1 患：忧虑。
2 禄：福运，气运。

第四五则

交朋友增体面，不如交朋友益身心；
教子弟求显荣，不如教子弟立品行。

第四六则

君子存心[1]，但凭忠信，而妇孺皆敬之如神，
　　所以君子落得[2]为君子；
小人处世，尽设机关[3]，而乡党皆避之若鬼，
　　所以小人枉[4]做了小人。

注释

1 存心：居心，用心。
2 落得：乐得，甘愿。
3 机关：计谋，心机。
4 枉：徒然，枉然。

第四七则

求个良心管我,
留些余地处人。

第四八则

一言足以召[1]大祸，故古人守口如瓶，惟恐其覆坠[2]也；
一行足以玷[3]终身，故古人饬躬若璧[4]，惟恐有瑕疵[5]也。

※ 注释

1 召：同"招"，招惹。
2 覆坠：倾倒，败落。
3 玷：污辱。
4 饬躬若璧：即守身如玉。比喻个人的行为应该像美玉一样纯洁无瑕，不容有丝毫的瑕疵。饬，治理。躬，自身。
5 瑕疵：原指玉上的斑痕，后指缺点、毛病，比喻人的过失。

第四九则

颜子之不较[1],孟子之自反[2],
是贤人处横逆[3]之方;
子贡之无谄,原思[4]之坐弦[5],
是贤人守贫穷之法。

※ 注释

1 不较:不计较,胸怀宽广。
2 自反:自我反省。
3 横逆:强横无理的行为。
4 原思:孔子的弟子原宪,字子思,春秋末年鲁国人,一说宋国人。一生清静守节,安贫乐道。
5 坐弦:席地而坐,自在地弹琴。

第五〇则

观朱霞[1],悟其明丽;
观白云,悟其卷舒[2];
观山岳,悟其灵奇[3];
观河海,悟其浩瀚,则俯仰间皆文章也。
对绿竹,得其虚心;
对黄华[4],得其晚节[5];
对松柏,得其本性;
对芝兰,得其幽芳,则游览处皆师友也。

注释

1 朱霞:红色的云霞。
2 卷舒:卷曲舒展。
3 灵奇:奇异秀丽。
4 黄华:菊花。
5 晚节:晚年的节操。

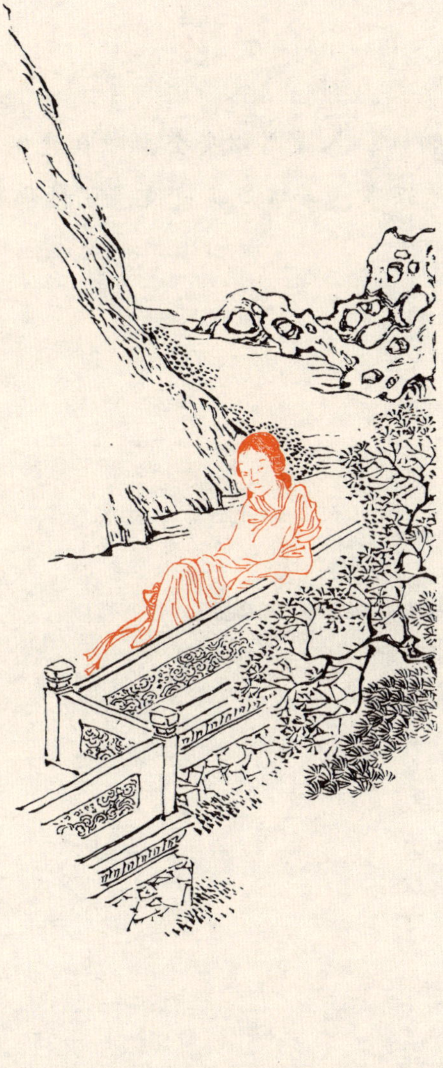

第五一则

行善济人，人遂得以安全，即在我亦为快意[1]；逞奸[2]谋事，事难必其稳便，可惜他徒自坏心。

注释

1 快意：心情舒畅，称心如意。
2 逞奸：肆行奸邪。

第五二则

不镜[1]于水,而镜于人,则吉凶可鉴[2]也;
不蹶[3]于山,而蹶于垤[4],则细微宜防也。

注释

1 镜:映照。
2 鉴:明察,审查。
3 蹶:颠仆,跌倒。
4 垤(dié):小土堆。

第五三则

凡事谨守规模[1],必不大错;
一生但足衣食,便称小康[2]。

※ 注释

1 规模:一定的规制,格局。
2 小康:生活安定。

第五四则

十分不耐烦，乃为人之大病；
一味学吃亏，是处事之良方。

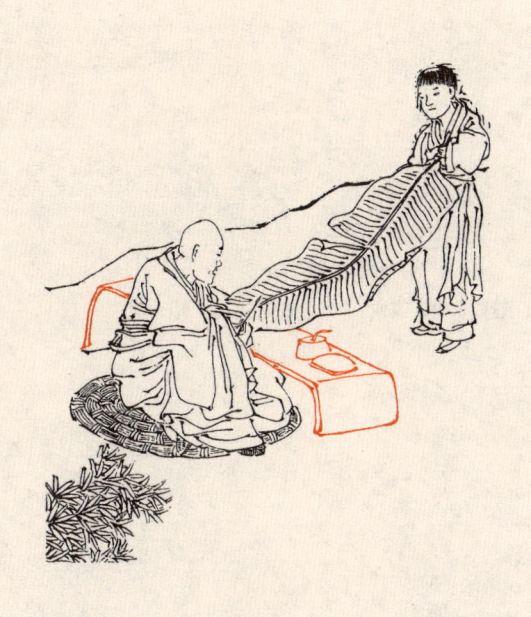

第五五则

习读书之业,便当知读书之乐;
存为善之心,不必邀[1]为善之名。

※ 注释

1 邀:求得,谋求。

第五六则

知往日所行之非,则学日进矣;
见世人可取者多,则德日进矣。

第五七则

敬[1]他人，即是敬自己；
靠自己，胜于靠他人。

第五八则

见人善行，多方赞成[1]；
见人过举[2]，多方提醒，此长者[3]待人之道也。
闻人誉言[4]，加意[5]奋勉[6]；
闻人谤语，加意警惕，此君子修己之功也。

※ 注释

1 赞成：认同并辅佐。
2 过举：错误的行为、举动。
3 长者：年纪大、辈分高且品德高尚的人。
4 誉言：赞美之言。
5 加意：更加注意。
6 奋勉：勤奋振作。

第五九则

奢侈¹足以败家,悭吝²亦足以败家。

奢侈之败家,犹出常情;

而悭吝之败家,必遭奇祸。

庸愚足以覆³事,精明亦足以覆事。

庸愚之覆事,犹为小咎⁴;

而精明之覆事,必是大凶。

注释

1 奢侈:挥霍无度,过分享受。
2 悭吝:吝啬,小气。
3 覆:颠覆,败坏。
4 咎:过错,过失。

第六〇则

种田人，改习尘市[1]生涯[2]，定为败路；读书人，干与[3]衙门词讼[4]，便入下流。

※ 注释

1 尘市：市井，商业店铺集中之处。
2 生涯：从事某种活动或职业的经历。
3 干与：参与，干涉。
4 衙门词讼：替人打官司，参与诉讼事务。

第六一则

常思某人境界[1]不及我,
某人命运不及我,则可以自足矣;
常思某人德业[2]胜于我,
某人学问胜于我,则可以自惭矣。

※ 注释

1 境界:境遇,情景。
2 德业:品德和功业。

第六二则

读《论语》公子荆一章[1]，富者可以为法[2]；
读《论语》齐景公一章[3]，贫者可以自兴[4]。
舍不得钱，不能为义士；
舍不得命，不能为忠臣。

※ 注释

1 读《论语》公子荆一章：出自《论语·子路》："子谓卫公子荆，善居室。始有，曰：'苟合矣。'少有，曰：'苟完矣。'富有，曰：'苟美矣。'"这是说公子荆无论家境如何变化，都能知足并安于现状。

2 法：模式，标准。

3 读《论语》齐景公一章：出自《论语·季氏》："齐景公有马千驷，死之日，民无德而称焉。伯夷、叔齐饿于首阳之下，民到于今称之。"这是说景公虽然富有，但因其缺乏德行，死后无人追忆；而伯夷、叔齐虽饥饿而死，却因其崇高的道德操守流传千古，成为后世尊崇的楷模。

4 自兴：自我奋勉。

第六三则

富贵易生祸端,必忠厚谦恭,才无大患;衣禄¹原有定数,必节俭简省,乃可久延²。

※ 注释

1 衣禄:衣食福禄。
2 久延:长久。

第六四则

作善降祥，不善降殃，
可见尘世之间已分天堂地狱；
人同此心，心同此理，
可知庸愚之辈不隔圣域[1]贤关[2]。

注释

1 圣域：形容圣人的境界。
2 贤关：原指进入仕途的门径，此处比喻达到贤德的境界。

第六五则

和平处事,勿矫俗[1]以为高;
正直居心,勿设机[2]以为智。

注释

1 矫俗:故意违背习俗,标新立异。
2 设机:巧使心机。

第六六则

君子以名教[1]为乐,岂如嵇阮[2]之逾闲[3];
圣人以悲悯为心,不取沮溺[4]之忘世。

※ 注释

1 名教:以正名分为中心的封建礼教。
2 嵇阮:嵇指嵇康,阮指阮籍,皆为竹林七贤之一。
3 逾闲:逾越法度。
4 沮溺:沮指长沮,传说长沮为春秋时楚国的隐士。溺指桀溺,是春秋时避世的隐士。

第六七则

纵子孙偷安[1]，其后必至耽[2]酒色而败门庭[3]；教子孙谋利，其后必至争赀财[4]而伤骨肉。

※ 注释

1 偷安：不管将来的祸患，只求眼前的安逸。
2 耽：沉溺。
3 败门庭：败坏家风。门庭，家庭或者门第。
4 赀（zī）财：赀，同"资"，资产，财产。财，财物。

第六八则

谨守父兄教诲,沉实[1]谦恭,便是醇潜[2]子弟;不改祖宗成法[3],忠厚勤俭,定为悠久人家。

※ 注释

1 沉实:稳重笃实。
2 醇潜:性情醇厚而深沉。
3 成法:原先的法令制度,老规矩。

第六九则

莲朝开而暮合,至不能合,则将落矣,富贵而无收敛[1]意者,尚其鉴之[2]。草春荣而冬枯,至于极枯,则又生矣,困穷而有振兴志者,亦如是也。

※ 注释

1 收敛:约束身心。
2 尚其鉴之:希望以之为鉴。

第七○则

伐字从戈，矜字从矛，
自伐自矜[1]者，可为大戒[2]；
仁字从人，义字从我，
讲仁讲义者，不必远求。

❉ 注释

1 自伐自矜：伐与矜都有自夸的含义。
2 大戒：重要的鉴戒。

第七一则

家纵[1]贫寒,也须留读书种子[2];
人虽富贵,不可忘稼穑艰辛[3]。

※ 注释

1 纵:即使,纵然。
2 读书种子:读书人,能读书做学问的人。
3 稼穑艰辛:种植及收割的辛劳。

第七二则

俭可养廉,觉茅舍竹篱,自饶[1]清趣[2];
静能生悟,即鸟啼花落,都是化机[3]。
一生快活皆庸福[4],万种艰辛出伟人。

※ 注释

1 饶:富足,富有。
2 清趣:清雅的乐趣。
3 化机:造化的奥妙。
4 庸福:平凡人的福气。

第七三则

济世¹虽乏资财²,而存心方便³,即称长者;生资虽少智慧,而虑事精详,即是能人。

※ 注释

1 济世:救世,济助世人。
2 资财:钱财,物资。
3 存心方便:处处想着便利他人。

第七四则

一室闲居,必常怀振卓心[1],才有生气;同人聚处,须多说切直[2]话,方见古风[3]。

※ 注释

1 振卓心:振奋高远的心。
2 切直:正直而恳切。
3 古风:质朴淳古的贤人风范。

第七五则

观周公[1]之不骄不吝[2],有才何可自矜;
观颜子[3]之若无若虚[4],为学岂容自足。
门户[5]之衰,总由于子孙之骄惰;
风俗之坏,多起于富贵之奢淫。

注释

1 周公:周文王姬昌第四子,亦称叔旦,被后世尊为儒学奠基人。
2 不骄不吝:不骄狂,不鄙吝。
3 颜子:孔子弟子颜回。
4 若无若虚:虚怀若谷,比喻人有才能却不炫耀,有德行却很谦虚。
5 门户:门第,家庭在社会上的地位等级。

第七六则

孝子忠臣，是天地正气所钟[1]，
　　鬼神亦为之呵护[2]；
圣经贤传[3]，乃古今命脉[4]所系，
　　人物[5]悉赖以裁成[6]。

※ 注释

1 钟：聚集，汇集。
2 呵护：爱护，保护。
3 圣经贤传：圣贤所传下来的经典著述。
4 命脉：形容事物的根底，比喻关系极重大的事物。
5 人物：有突出贡献，被世人称颂的人。
6 裁成：栽培，谓教育而成就之。

第七七则

饱暖人所共羡,然使享一生饱暖,
而气昏志惰[1],岂足有为?
饥寒人所不甘,然必带几分饥寒,
则神紧骨坚[2],乃能任事[3]。

※ 注释

1 气昏志惰:意志昏昧,心志怠惰。
2 神紧骨坚:形容人精神抖擞,意志坚强。
3 任事:承担大事。

第七八则

愁烦中具潇洒襟怀[1]，满抱皆春风和气[2]；
暗昧[3]处见光明世界，此心即白日青天。

※ 注释

1 潇洒襟怀：神情举止自然大方，胸怀广阔豁达而无拘无束。
2 春风和气：比喻待人和蔼可亲。
3 暗昧：昏暗，事实隐秘不显明。

第七九则

势利人装腔作调,都只在体面¹上铺张,
可知其百为皆假;
虚浮人指东画西²,全不问身心内打算,
定卜其一事无成。

注释

1 体面:面子,表面。
2 指东画西:形容说话避开主题,言语杂乱,东拉西扯。

第八〇则

不忮不求[1]，可想见[2]光明境界；
勿忘[3]勿助[4]，是形容涵养功夫。

※ 注释

1 不忮（zhì）不求：不嫉恨不贪求。忮，嫉妒。
2 想见：推想而知。
3 勿忘：指在道德修养的过程中，不能忘记自己的本心和目标，要持之以恒地进行修养。
4 勿助：指不要急于求成，不要拔苗助长，要顺其自然，避免过度干预和急功近利。

第八一则

数[1]虽有定,而君子但求其理[2],理既得,数亦难违;
变固宜防,而君子但守其常[3],常无失,变亦能御[4]。

✤ 注释

1 数:气数,运数,命运。
2 理:合乎万事万物的道理、法则。
3 常:恒久不变的规律。
4 御:应对,抵御。

第八二则

和为祥气¹，骄为衰气²，
相人者³不难以一望而知；
善是吉星，恶是凶星，
推命者⁴岂必因五行⁵而定？

❋ 注释

1 祥气：祥瑞之气，吉祥之气。
2 衰气：衰败之气。
3 相人者：给人看相测命的人。一般是观察人的体貌并推断其吉凶祸福。
4 推命者：给人推算命运的人。一般利用人的出生时间来推算。
5 五行：金、木、水、火、土。

第八三则

人生不可安闲[1],有恒业,才足收放心[2];日用必须简省,杜奢端,即以昭俭德[3]。

※ 注释

1 安闲:安然闲适。
2 收放心:收回以前所放任的心思和念头。放心,放纵之心。
3 昭俭德:显示俭朴的美德。昭,彰显,显示。

第八四则

成大事功,全仗着秤心斗胆[1];
有真气节,才算得铁面铜头[2]。

※ 注释

1 秤心斗胆:心志坚定如秤砣,胆大如斗。比喻心志坚定,胆识远大。
2 铁面铜头:面目坚硬如铁,头颅坚硬如铜。比喻公正严明,不畏权势。

第八五则

但责己,不责人,此远怨[1]之道也;
但信己,不信人,此取败之由也。

※ 注释

1 远怨:远离怨恨。

第八六则

无执滞¹心,才是通方士²;
有做作气³,便非本色人。

注释

1 执滞:固执,偏执。
2 通方士:博学而通达事理的方正之人。
3 做作气:矫揉造作的习气。

第八七则

耳目口鼻，皆无知识[1]之辈，全靠着心作主人；身体发肤，总有毁坏之时，要留个名称[2]后世。

※ 注释

1 知识：辨识事物的能力。
2 名称：名号，称谓，此处指名声。

第八八则

有生资,不加学力[1],
气质究难化也;
慎大德,不矜细行[2],
形迹终可疑也。

※ 注释

1 学力:在学习方面下的功夫。
2 不矜细行:不拘小节,不注意细节。

第八九则

世风之狡诈多端，到底忠厚人颠扑不破[1]；末俗[2]以繁华相尚，终觉冷淡[3]处趣味弥长。

注释

1 颠扑不破：无论怎样摔打都破不了。比喻理义牢固可靠，不会被驳倒推翻。
2 末俗：末世的衰败习俗。
3 冷淡：素净淡雅。

第九〇则

能结交直道¹朋友,其人必有令名²;
肯亲近耆德老成³,其家必多善事。

※ 注释

1 直道:行事正直,讲道义。
2 令名:美好的名声、声誉。
3 耆(qí)德老成:德高望重的老者。耆,泛指老年人。

第九一则

为乡邻解纷争，使得和好如初，
　　即化人¹之事也；
为世俗²谈因果³，使知报应不爽⁴，
　　亦劝善之方也。

※ 注释

1　化人：感化他人。化，感化。
2　世俗：指代平凡人。
3　因果：佛教语，谓因缘和果报。
4　不爽：没有差错。爽，差失，不合。

第九二则

发达[1]虽命定[2],亦由肯做功夫;
福寿虽天生,还是多积阴德[3]。

※ 注释

1 发达:发迹,显达。
2 命定:命中注定。
3 阴德:暗中做的有德于人的事。

第九三则

常存仁孝心,则天下凡不可为者皆不忍为,
　　　所以孝居百行¹之先;
一起邪淫²念,则生平极不欲为者皆不难为,
　　　所以淫是万恶之首。

※ 注释

1 百行:各种品行、德行。
2 邪淫:邪恶纵逸。

第九四则

自奉[1]必减几分方好,
处世能退一步为高。

※ 注释

1 自奉:对待自己。这里指日常生活中自身的供养。

第九五则

守分安贫，何等清闲，而好事者偏自寻烦恼；持盈保泰[1]，总须忍让，而恃强者乃自取灭亡。

※ 注释

1 持盈保泰：谦虚谨慎，以保已成的事业及自身安定。

第九六则

人生境遇无常,须自谋吃饭之本领;
人生光阴易逝,要早定成器之日期。

第九七则

川学海而至海[1]，故谋道[2]者不可有止心；莠[3]非苗而似苗，故穷理[4]者不可无真见。

※ 注释

1 川学海而至海：学习一事要像百川奔流入海一样有所长进。
2 谋道：追求学问及人生的道理。
3 莠：妨害禾苗生长的草，很像谷子，俗名狗尾草。
4 穷理：探究事物中的真理。

第九八则

守身必谨严,凡足以戕[1]吾身者宜戒之;养心须淡泊,凡足以累吾心者勿为也。

注释

1 戕(qiāng):伤害,损害。

第九九则

人之足传[1],在有德,不在有位;
世所相信,在能行,不在能言。

※ 注释

1 足传:值得让人传颂称赞。

第一〇〇则

与其使乡党有誉言[1],不如令乡党无怨言;与其为子孙谋产业,不如教子孙习恒业。

※ 注释

1 誉言:赞美称誉的言辞。

第一〇一则

多记先正[1]格言,胸中方有主宰[2];
闲看他人行事,眼前即是规箴[3]。

※ 注释

1 先正:泛指前代的贤人。
2 主宰:主管,统治。这里指主见。
3 规箴:可以规正行为的劝勉告诫或道理。规,画图的器具。箴,具有规劝性质的文体。

第一〇二则

陶侃[1]运甓[2]官斋,其精勤[3]可企而及[4]也;谢安[5]围棋别墅[6],其镇定非学而能也。

※ 注释

1 陶侃:字士行,鄱阳(今属江西)人,东晋时期名将,大司马,为人明断果决,任广州刺史时,经常运砖以保持自己的斗志。
2 甓(pì):砖的一种。
3 精勤:专心勤勉。
4 可企而及:期望的事情能够做到。
5 谢安:字安石,陈郡阳夏(今河南太康)人,东晋名臣。
6 围棋别墅:东晋谢安在苻坚大军压境时,镇定如常,从容指挥,仍与友人以别墅为赌注对弈下棋。后用来形容人在紧张或重要时刻保持从容不迫的态度,处理事情游刃有余。

第一〇三则

但患我不肯济人，休[1]患我不能济人；
须使人不忍欺我，勿使人不敢欺我。

注释

1 休：不要。

第一〇四则

何谓享福之人？能读书者便是；
何谓创家[1]之人？能教子者便是。

注释

1 创家：创立家业。

第一○五则

子弟天性未漓[1]，教易行也，
则体[2]孔子之言以劳之，
勿溺爱以长其自肆[3]之心。
子弟习气已坏，教难行也，
则守孟子之言以养之，
勿轻弃以绝其自新之路。

※ 注释

1 漓：浅薄。
2 体：亲身体验，领悟。
3 自肆：自我放纵。

第一〇六则

忠实而无才,尚可立功,心志专一也;忠实而无识,必至偾事[1],意见多偏[2]也。

注释

1 偾(fèn)事:败坏事情。偾,败坏,搞砸。
2 偏:偏颇,片面。

第一〇七则

人虽无艰难之时，却不可忘艰难之境；世虽有侥幸[1]之事，断不可存侥幸之心。

注释

1 侥幸：偶然得到成功或意外地免于不幸。

第一○八则

心静则明，水止乃能照物；
品超斯远[1]，云飞而不碍空。

※ 注释

1 品超斯远：品格高尚才能远离世事的纠缠。

第一〇九则

清贫乃读书人顺境；
节俭即种田人丰年。

第一一〇则

正而过则迂[1],直而过则拙,
故迂拙之人犹不失为正直;
高或入于虚,华或入于浮,
而虚浮之士究难指为高华[2]。

※ 注释

1 迂:不通世故,迂腐。
2 高华:高明又有才华的人。

第一一一则

人知佛老¹为异端²,
不知凡背乎经常者,皆异端也;
人知杨墨³为邪说,
不知凡涉于虚诞⁴者,皆邪说也。

※ 注释

1 佛老:佛教和老子的学说。
2 异端:用来指代与主流思想相悖、不被认可的学说或信仰。古代儒家称其他持不同见解的学派为异端。
3 杨墨:战国时期以杨朱和墨翟为代表的学说,杨朱主张"为我",墨翟即墨子,主张"兼爱"。
4 虚诞:荒诞无稽。

第一一二则

图功[1]未晚，亡羊尚可补牢[2]；
浮慕[3]无成，羡鱼何如结网[4]。

※ 注释

1 图功：谋求功业。
2 亡羊尚可补牢：羊已经丢失，但补修羊圈仍然来得及。比喻在问题发生后，及时采取措施进行挽回，避免更大的损失。
3 浮慕：表面上仰慕。
4 羡鱼何如结网：与其站在水边羡慕别人有鱼，不如回去亲手编织渔网。这一表达形象地揭示了"行动胜于空想"的道理。

第一一三则

道本足于身,以实求来,则常若不足矣;境难足于心,尽行¹放下,则未有不足矣。

※ 注释

1 尽行:完全,全然。

第一一四则

读书不下苦功,妄想显荣,岂有此理?为人全无好处,欲邀[1]福庆,从何得来?

第一一五则

才觉己有不是[1],便决意改图[2],
此立志为君子也;
明知人议其非,偏肆行无忌,
此甘心做小人也。

注释

1 不是:过失,过错。
2 改图:改变方向和计划。

第一一六则

淡中交[1]耐久,静里寿延长。

※ 注释

1 淡中交:君子之交淡如水,指君子间的交往不为名利,不尚虚华。

第一一七则

凡遇事物突来，必熟思审处，恐贻后悔；不幸家庭衅起[1]，须忍让曲全[2]，勿失旧欢[3]。

※ 注释

1 衅起：寻衅，挑起事端。
2 曲全：委曲求全。
3 旧欢：过去的欢乐时光。

第一一八则

聪明勿使外散[1],古人有纩[2]以塞耳,
旒[3]以蔽目者矣;
耕读[4]何妨兼营,古人有出而负[5]耒[6],
入而横经[7]者矣。

※ 注释

1 外散:外露。
2 纩(kuàng):古时指新丝棉絮,后泛指棉絮。
3 旒(liú):冠冕前后悬垂的玉串。
4 耕读:种田和读书,古时认为耕读是民生的两种重要途径。
5 负:扛着。
6 耒(lěi):古代耕田用的翻土农具。
7 横经:横陈经书,指受业或读书。

第二一九则

身不饥寒,天未曾负我;
学无长进[1],我何以对天。

第一二〇则

不与人争得失，
惟求己有知能[1]。

※ 注释

1 知能：智慧才能。

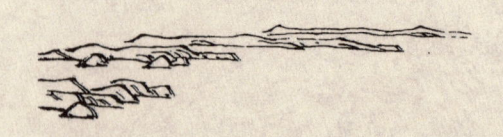

第一二一则

为人循矩度[1]，而不见精神，
　则登场之傀儡[2]也；
做事守章程[3]，而不知权变[4]，
　则依样之葫芦[5]也。

※ 注释

1 矩度：规矩法度。
2 傀儡：木偶，用来比喻不能自主，受人操控的人。
3 章程：书面制定的办事规则。
4 权变：随机应变。
5 依样之葫芦：比喻单纯模仿别人，自己没有创意和主见。

第一二二则

文章是山水化境[1],富贵乃烟云幻形[2]。

※ 注释

1 化境:出神入化的极致境界。
2 幻形:虚幻不实的形状,引申为假象。

第一二三则

郭林宗[1]为人伦之鉴,多在细微处留心;王彦方[2]化乡里之风,是从德义中立脚。

※ 注释

1 郭林宗:郭泰,字林宗,东汉著名学者、思想家及教育家。他出生于太原郡介休县(今山西省介休市),出身寒微,但博学多才,擅长说词,口才出众。
2 王彦方:王烈,字彦方,东汉太原(今属山西)人,因品德高尚称著乡里。

第一二四则

天下无憨人[1],岂可妄行欺诈;
世人皆苦人,何能独享安闲。

* 注释

1 憨人:愚笨、痴傻之人。

第一二五则

甘受人欺，定非懦弱；
自谓予智[1]，终是糊涂。

※ 注释

1 自谓予智：自以为聪明。

第一二六则

漫夸[1]富贵显荣,功德文章要可传诸后世;任教[2]声名煊赫[3],人品心术不能瞒过史官。

注释

1 漫夸:胡乱地夸耀。漫,随意。
2 教:使,让。
3 煊赫:形容名声大,声势显赫。

第一二七则

神传于目,而目则有胞[1],闭之可以养神也;祸出于口,而口则有唇,阖[2]之可以防祸也。

※ 注释

1 胞:上下眼皮。
2 阖:关闭。

第一二八则

富家惯习骄奢,最难教子;
寒士[1]欲谋生活,还是读书。

注释

1 寒士:贫穷的读书人。

第一二九则

人犯一苟[1]字,便不能振;
人犯一俗字,便不可医。

注释

1 苟:苟且,随便。

第一三〇则

有不可及之志,必有不可及之功;
有不忍言[1]之心,必有不忍言之祸。

※ 注释

1 不忍言:发现错误而不忍去指责、纠正。

第一三一则

事当难处之时,只让退一步,便容易处矣;
功到将成之候,若放松一着,便不能成矣。

第一三二则

无财非贫,无学乃为贫;
无位非贱,无耻乃为贱;
无年非夭[1],无述乃为夭;
无子非孤[2],无德乃为孤。

※ 注释

1 夭:短命,夭折。
2 孤:单独,孤独。

第一三三则

知过能改,便是圣人之徒;
恶恶[1]太严,终为君子之病[2]。

※ 注释

1 恶(wù)恶(è):憎恶坏人坏事。前"恶"作动词,指厌恶;后"恶"作名词,指恶事恶人。
3 病:缺点。

第一三四则

士¹必以诗书为性命²,
人须从孝悌³立根基。

注释

1 士:古代四民之一,位于庶民之上。此处指士子,即读书人。
2 性命:人的生命。这里指安身立命的根本。
3 孝悌:孝顺父母,友爱兄弟。

第一三五则

德泽¹太薄，家有好事，未必是好事，得意者何可自矜？
天道最公，人能苦心，断不负苦心，为善者须当自信。

※ 注释

1 德泽：品德，恩泽。

第一三六则

把自己太看高了,便不能长进;
把自己太看低了,便不能振兴。

第一三七则

古之有为之士,皆不轻为[1]之士;
乡党[2]好事之人,必非晓事[3]之人。

※ 注释

1 轻为:轻率行事。
2 乡党:乡里,同乡。
3 晓事:明达事理。

第一三八则

偶缘¹为善受累,遂无意为善,
是因噎废食²也;
明识有过当规³,却讳言有过,
是讳疾忌医⁴也。

注释

1. 缘:因为。
2. 因噎废食:因吃饭被噎到,就要荒唐地绝食。比喻因偶然的挫折而停止应该做的事情。噎,食物鲠在喉咙。
3. 当规:应当纠正。
4. 讳疾忌医:对疾病有所忌讳,隐瞒病情,不肯就医。比喻故意掩饰错误、缺点,不愿意改正。

第一三九则

宾入幕中[1]，皆沥胆披肝[2]之士；
客登座上[3]，无焦头烂额之人。

注释

1 宾入幕中：本指旧时进入幕府参与议事的人，后比喻极其亲近并可以信任的人。
2 沥胆披肝：亦作披肝沥胆。比喻竭尽忠诚。
3 客登座上：被引为上座的宾客，形容自己重视并亲近的朋友。

第一四〇则

地无余利，人无余力，是种田两句要言[1]；心不外驰[2]，气不外浮，是读书两句真诀[3]。

※ 注释

1 要言：至理名言。
2 外驰：向外奔走追求。
3 真诀：秘诀，诀窍。

第一四一则

成就人才,即是栽培子弟;
暴殄天物[1],自应折磨儿孙。

※ 注释

1 暴殄天物:任意糟蹋浪费财物,不知爱惜。殄,灭绝。

第一四二则

和气迎人，平情应物[1]；
抗心希古[2]，藏器待时[3]。

※ 注释

1 平情应物：以平常心对待事物。
2 抗心希古：使自己志节高尚，以古代的贤人为榜样。抗心，高尚其志。
3 藏器待时：形容有才华的人等待展现才能的时机。器，本指用具、器物，此指才华。

第一四三则

矮板凳,且坐着[1];
好时光,莫错过。

※ 注释

1 矮板凳,且坐着:形容读书、做学问要能坐得住,耐得住寂寞。且,暂且。

第一四四则

天地生人,都有一个良心;
苟丧此良心,则其去[1]禽兽不远矣。
圣贤教人,总有一条正路;
若舍此正路,则常行荆棘[2]之中矣。

注释

1 去:距离,离开。
2 荆棘:本指丛生有刺的灌木,此指困难的境地。

第一四五则

世之言乐者，但曰读书乐，田家乐；
可知务本业[1]者，其境常安。
古之言忧者，必曰天下忧，廊庙[2]忧；
可知当大任者，其心良苦。

※ 注释

1 务本业：专心从事自己本来的行业。
2 廊庙：庙堂，后多指代朝廷。

第一四六则

天虽好生,亦难救求死之人;
人能造福,即可邀悔祸[1]之天。

※ 注释

1 悔祸:撤去所施加的灾祸,后悔造成祸患。

第一四七则

薄族[1]者，必无好儿孙；
薄师者，必无佳子弟。
吾所见亦多矣。
恃力[2]者，忽逢真敌手；
恃势者，忽逢大对头。
人所料不及也。

注释

1 薄族：刻薄地对待族人。
2 恃力：依仗暴力欺负人。

第一四八则

为学不外"静""敬"二字,
教人先去"骄""惰"二字。

第一四九则

人得一知己,须对知己而无惭[1];
士既多读书,必求读书而有用。

※ 注释

1 无惭:没有愧疚之处。

第一五〇则

以直道教人,人即不从,
而自反无愧,切勿曲以求荣[1]也;
以诚心待人,人或不谅[2],
而历久自明,不必急于求白[3]也。

※ 注释

1 曲以求荣:曲意迎合以希求他人高兴或得到认可。
2 谅:信任,谅解。
3 求白:希求辩白,期望能洗刷清白。

第一五一则

粗粝[1]能甘,必是有为之士;
纷华[2]不染,方称杰出之人。

注释

1 粗粝:粗劣的食物,这里形容艰苦的生活。
2 纷华:繁华,荣华。

第一五二则

性情执拗¹之人，不可与谋事也；机趣流通²之士，始可与言文也。

※ 注释

1 执拗：固执乖戾。
2 机趣流通：机趣，犹天趣、风趣。流通，懂变通，不板滞。

第一五三则

不必于世事件件皆能,惟求与古人心心相印[1]。

※ 注释

1 心心相印:心意情趣相通,相互了解彼此的想法。

第一五四则

夙夜¹所为，得无抱惭于衾影²；
光阴已逝，尚期收效于桑榆³。

注释

1 夙夜：指朝夕，从早到晚。
2 无抱惭于衾影：光明磊落，无愧于心的行为。衾，被子。
3 桑榆：日将西下时，余晖洒在桑树与榆树之间，因此"桑榆"常用来指代日落之时。此处比喻人的垂老之年，或指晚年。

第一五五则

念祖考[1]创家基，不知栉风沐雨[2]，受多少苦辛，才能足食足衣，以贻后世；为子孙计[3]长久，除却读书耕田，恐别无生活，总期克勤克俭[4]，毋负先人。

注释

1 祖考：祖先。
2 栉风沐雨：借风梳发，借雨洗头。形容人不顾风雨地奔波劳苦，工作艰辛。
3 计：谋划。
4 克勤克俭：既勤奋又节俭。克，能够。

第一五六则

但作里中[1]不可少之人,便为于世有济[2];必使身后有可传之事,方为此生不虚。

※ 注释

1 里中:乡里。
2 济:帮助,贡献。

第一五七则

齐家[1]先修身[2],言行不可不慎;
读书在明理[3],识见不可不高。

※ 注释

1 齐家:治理家庭。
2 修身:修养身心。
3 明理:明达事理。

第一五八则

桃实之肉暴于外，不自吝惜，人得取而食之；
　　食之而种其核，犹饶生气焉，
　　　　此可见积善者有余庆也。
栗实之肉秘于内，深自防护，人乃破而食之；
　　食之而弃其壳，绝无生理也，
　　　　此可知多藏者必厚亡[1]也。

※ 注释

1 厚亡：损失很大。

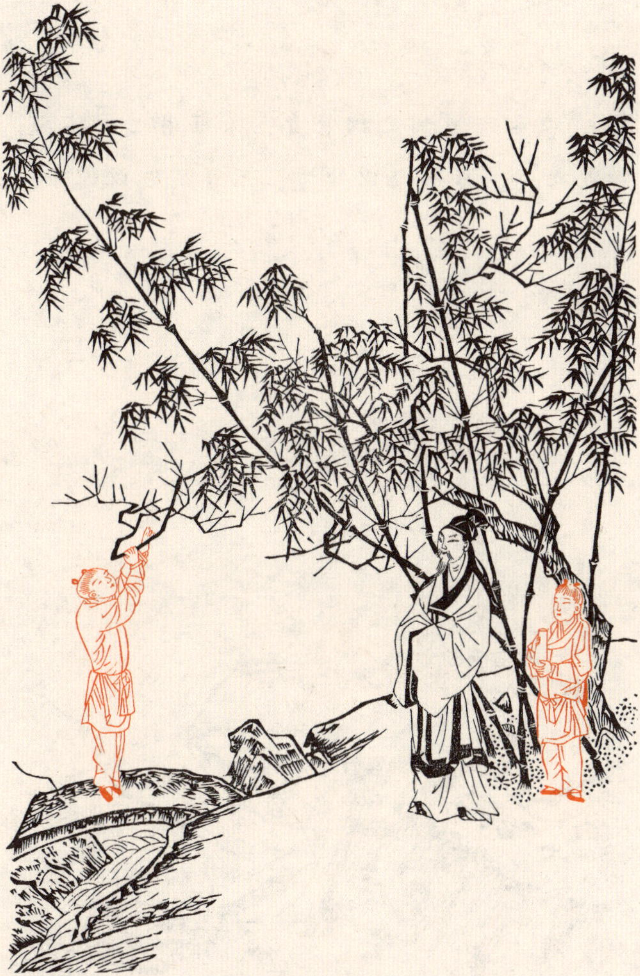

第一五九则

求备[1]之心，可用之以修身，不可用之以接物；知足之心，可用之以处境，不可用之以读书。

※ 注释

1 求备：求全责备，追求完美。

第一六○则

有守虽无所展布[1],而其节不挠[2],
故与有猷[3]有为而并重;
立言即未经起行[4],而于人有益,
故与立功立德而并传。

※ 注释

1 展布:施展,推行。
2 不挠:不屈服。
3 有猷:有道义。
4 未经起行:没有付诸行动。

第一六一则

遇老成人[1]，便肯殷殷[2]求教，则向善必笃[3]也；听切实话[4]，觉得津津有味，则进德可期也。

※ 注释

1 老成人：年长有德的人。
2 殷殷：热切，诚恳。
3 笃：真诚，深切。
4 切实话：非常实在的话语。

第一六二则

有真情性[1]，须有真涵养[2]；
有大识见，乃有大文章。

第一六三则

为善之端[1]无尽，只讲一"让"[2]字，
　　便人人可行；
立身之道何穷[3]，只得一"敬"字，
　　便事事皆整。

注释

1 端：方法。
2 让：礼让，推辞。
3 何穷：无穷，无数。

第一六四则

自己所行之是非，尚不能知，安[1]望知人；古人以往之得失，且不必论，但须论己。

注释

1 安：哪里，怎么。

第一六五则

治术¹必本儒术²者,念念³皆仁厚也;今人不及古人者,事事皆虚浮也。

※ 注释

1 治术:致治之术,治理国家的方法。
2 儒术:儒家的学说、思想。
3 念念:每一个念头。

第一六六则

莫大[1]之祸,起于须臾[2]之不忍,不可不谨。

※ 注释

1 莫大:巨大。
2 须臾:一会儿,片刻。

第一六七则

家之长幼,皆倚赖[1]于我,
　我亦尝体其情否也?
士之衣食,皆取资[2]于人,
　人亦曾受其益否也?

注释

1 倚赖:依靠。
2 取资:获益。

第一六八则

富不肯读书,贵不肯积德,
错过可惜也;
少不肯事长[1],愚不肯亲贤[2],
不祥莫大焉。

※ 注释

1 事长:尊敬、侍奉长辈。
2 亲贤:亲近贤能的人。

第一六九则

自虞廷¹立五伦²为教,然后天下有大经³;自紫阳⁴集四子成书⁵,然后天下有正学⁶。

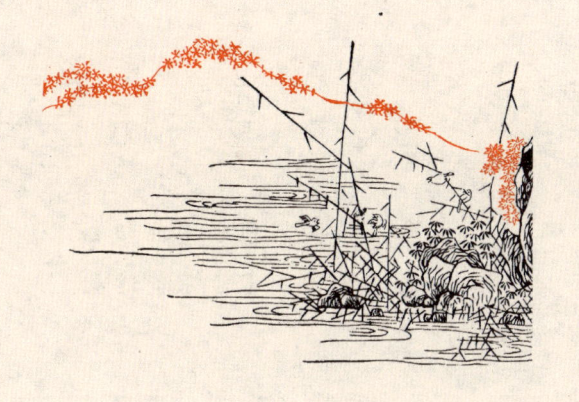

※ 注释

1 虞廷：指上古虞舜统治时期。相传虞舜为古代圣明之君，因此"虞廷"也常用来代指圣明的朝廷或治国有道的时代。
2 五伦：古代中国的五种人伦关系和言行准则，即父子有亲，君臣有义，夫妇有别，长幼有序，朋友有信。
3 大经：不可变易的礼法，常道。
4 紫阳：南宋理学大师朱熹，晚年创建紫阳书院，后世学者因而尊称他为"紫阳先生"。
5 四子成书：朱熹集注《论语》《孟子》《大学》《中庸》，合称四书。
6 正学：合乎正道的学说。

第一七〇则

意趣清高,利禄不能动也;
志量远大,富贵不能淫也。

第一七一则

最不幸者，为势家女[1]作翁姑[2]；
最难处者，为富家儿作师友。

※ 注释

1 势家女：有权有势人家的女儿。
2 翁姑：公婆。

第一七二则

钱能福人,亦能祸人,
有钱者不可不知;
药能生人,亦能杀人,
用药者不可不慎。

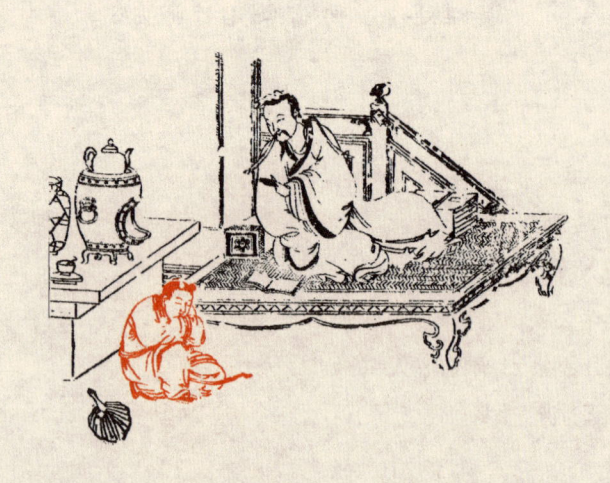

第一七三则

凡事勿徒[1]委于人,必身体力行,方能有济;凡事不可执于己[2],必广思集益,乃罔[3]后艰[4]。

※ 注释

1 徒:仅。
2 执于己:固执己见。
3 罔:无,没有。
4 后艰:后患。

第一七四则

耕读固是良谋[1]，必工课[2]无荒，乃能成其业；仕宦虽称显贵，若官箴[3]有玷[4]，亦未见其荣。

※ 注释

1 良谋：好办法，好主意。
2 工课：指每天应该做的事情。
3 官箴：本指百官各为箴辞，劝诫君王的过失。此处指做官。
4 玷：白玉上的污点，引申为过失。

第一七五则

儒者多文为富,其文非时文¹也;
君子疾名不称²,其名非科名也。

※ 注释

1 时文:此处指清朝的科举应试之文,也就是八股文。
2 疾名不称:担心自己的名声不被称颂。疾,忧虑。称,称道,称颂。

第一七六则

"博学笃志,切问近思"[1],
此八字,是收放心的功夫;
"神闲气静,智深勇沉"[2],
此八字,是干大事的本领。

※ 注释

1 博学笃志,切问近思:广博地求取学问,志向坚定,积极主动向人请教,并认真思考反思。笃,真诚。
2 神闲气静,智深勇沉:神情闲适,心平气和,智谋深远,勇敢沉着。

第一七七则

何者为益友[1]？凡事肯规我之过者[2]是也。何者为小人？凡事必徇[3]己之私者是也。

※ 注释

1 益友：对自己有所帮助的朋友。
2 规我之过者：规劝、告诫我的过失的人。规，规劝。
3 徇：屈从，偏袒。

第一七八则

待人宜宽,惟待子孙不可宽;
行礼宜厚,惟行嫁娶不必厚。

第一七九则

事但[1]观其已然[2]，便可知其未然[3]；
人必尽其当然[4]，乃可听其自然[5]。

※ 注释

1 但：只，仅。
2 已然：已经发生的事情，既成事实。
3 未然：尚未发生的事情。
4 当然：应做的事情。
5 听其自然：顺其自然发展。

第一八○则

观规模之大小,可以知事业之高卑[1];察德泽之浅深,可以知门祚[2]之久暂[3]。

※ 注释

1 高卑:崇高和浅陋。
2 门祚(zuò):家运,家世的福运。
3 久暂:长久和短暂。

第一八一则

义之中有利,而尚[1]义之君子,
　　初非计及于利也;
利之中有害,而趋利[2]之小人,
　　并不顾其为害也。

* 注释

1 尚:崇尚。
2 趋利:图利。

第一八二则

小心谨慎者,必善其后[1],畅则无咎[2]也;高自位置者,难保其终,亢则有悔[3]也。

注释

1 必善其后:做事一定能善始善终。
2 咎:过失,过错。
3 亢则有悔:意指身居高位者应当谦逊谨慎,戒骄戒躁,否则会因失败而后悔。亢,至高的,此指高傲。

第一八三则

耕所以养生[1]，读所以明道[2]，
此耕读之本原[3]也，而后世乃假[4]以谋富贵矣；
衣取其蔽体，食取其充饥，
此衣食之实用也，而时人乃藉以逞豪奢矣。

※ 注释

1 养生：摄养身心，以期健康延年。
2 明道：明白事理。
3 本原：根源，本意。
4 假：借，凭借。

第一八四则

人皆欲贵也，请问一官到手，怎样施行？
人皆欲富也，且问万贯缠腰，如何布置[1]？

※ 注释

1 布置：运用，使用。

第一八五则

文、行、忠、信[1]，孔子立教之目也，
今惟教以文而已；
志道、据德、依仁、游艺[2]，
孔门为学之序也，今但学其艺而已。

* 注释

1 文、行、忠、信：孔子施教的科目和内容，《论语·述而》："子以四教：文，行，忠，信。"文，指诗书礼乐等典籍。行，是行为。忠、信，是品性上的训练。

2 志道、据德、依仁、游艺：孔门治学的次序，《论语·述而》："志于道，据于德，依于仁，游于艺。"志道，立志研究道义。据德，做事依据崇高的道德。依仁，依仁义立世。游艺，以礼、乐、射、御、书、数六种技艺作为安身立命的本领。

第一八六则

隐微[1]之衍[2]，即干[3]宪典[4]，
所以君子怀刑[5]也；
技艺之末，无益身心，
所以君子务本[6]也。

※ 注释

1 隐微：隐蔽而细微。

2 衍：过失。

3 干：违反。

4 宪典：法律，法度。

5 怀刑：因畏惧刑律而守法。

6 务本：致力于根本。

第一八七则

士既知学[1],还恐学而无恒[2];
人不患[3]贫,只要贫而有志。

※ 注释

1 知学:知道学问的重要性。
2 无恒:没有恒心。
3 患:担心,害怕。

第一八八则

用功于内者,必于外无所求;
饰¹美于外者,必其中无所有。

※ 注释

1 饰:装饰。

第一八九则

盛衰之机,虽关气运,
而有心者必贵诸人谋;
性命之理[1],固极精微,
而讲学者必求其实用。

※ 注释

1 性命之理:中国古代哲学的范畴,是形而上之道,讲究天命天理的学问。

第一九〇则

鲁[1]如曾子[2]，于道独得其传，
可知资性不足限人也；
贫如颜子，其乐不因以改，
可知境遇不足困人也。

※ 注释

1 鲁：愚拙，迟钝。
2 曾子：春秋时鲁国人，名参，孔子的弟子。虽资质愚钝，但他勤奋好学，颇得孔子真传，积极推行儒家主张，被后世尊奉为"宗圣"。

围炉夜话

第一九一则

敦厚之人，始可托大事，
故安刘氏¹者，必绛侯²也；
谨慎之人，方能成大功，
故兴汉室者，必武侯³也。

※ 注释

1 刘氏:汉高祖刘邦建立的西汉政权,整个刘氏江山。
2 绛侯:周勃,沛县(今属江苏)人,跟随刘邦起义,以军功封绛侯。
3 武侯:诸葛亮,字孔明,是三国时期杰出的政治家、军事家、外交家,辅佐刘备建立蜀汉政权,死后谥号为忠武侯,后世敬称为武侯。

第一九二则

以汉高祖之英明,知吕后[1]必杀戚姬[2],而不能救止[3],盖其祸已成也;以陶朱公[4]之智计,知长男必杀仲子,而不能保全,殆[5]其罪难宥[6]乎?

注释

1 吕后:汉高祖刘邦的皇后吕雉。
2 戚姬:戚夫人,为汉高祖刘邦宠姬,刘邦死后,戚姬及其子赵王如意为吕后所杀。
3 救止:阻止。
4 陶朱公:范蠡,字少伯,春秋楚国人。佐越王勾践破吴后,至定陶,自称陶朱公,经商而成巨富。
5 殆:可能。
6 宥:宽恕,饶恕。

第一九三则

处世以忠厚人为法[1],
传家得勤俭意便佳。

※ 注释

1 法：效法。

第一九四则

紫阳补《大学·格致》之章[1]，
恐人误入虚无[2]，
而必使之即物穷理，所以维正教也；
阳明[3]取孟子良知之说，恐人徒事记诵，
而必使之反己省心[4]，所以救末流也。

注释

1 《大学·格致》之章：《大学》中有"致知在格物"句，朱熹注解"格物"即穷尽事物之理，无不知晓之意。
2 虚无：道教思想，意谓可以包容万物，而人要清静无为。这种思想违背了儒家学说，所以不被儒家学者认同。
3 阳明：王守仁，学者称为阳明先生，主张以"心"为本体，即"求理于吾心"，晚年提出"致良知"之说。
4 反己省心：反省自己的本心。

第一九五则

人称我善良则喜,称我凶恶则怒,此可见凶恶非美名也,即当立志为善良;我见人醇谨[1]则爱,见人浮躁则恶,此可见浮躁非佳士[2]也,何不反身为醇谨。

※ 注释

1 醇谨:醇厚,谨慎。
2 佳士:品德高尚或才学优秀的人。

第一九六则

处事要宽平[1]，而不可有松散之弊；
持身贵严厉，而不可有激切[2]之形。

※ 注释

1 宽平：宽和而平稳。
2 激切：激动，激烈。

第一九七则

天有风雨，人以宫室蔽之；
地有山川，人以舟车通之。
是人能补天地之阙¹也，而可无为乎？
人有性理，天以五常²赋之；
人有形质，地以六谷³养之。
是天地且厚人之生也，而可自薄⁴乎？

※ 注释

1 阙：过失，缺陷。
2 五常：古代儒家要求的五种道德修养，即仁、义、礼、智、信。
3 六谷：稻、黍、稷、粱、麦、苽（gū）的合称。一说指黍、稷、菽、麦、稻、粱的合称。
4 薄：轻视。

第一九八则

人之生也直，人苟欲生，必全其直；
贫者士之常，士不安贫，乃反其常。
进食需箸[1]，而箸亦只悉随其操纵所使，
　　于此可悟用人之方；
作书需笔，而笔不能必其字画之工，
　　于此可悟求己之理。

※ 注释

1 箸：筷子。

第一九九则

家之富厚[1]者,积田产以遗子孙,
　　　子孙未必能保;
不如广积阴功[2],使天眷[3]其德,或可少延。
　　家之贫穷者,谋奔走以给衣食,
　　　衣食未必能充;
何若自谋本业,知民生在勤,定当有济。

※ 注释

1 富厚:物质富足,资产丰厚。
2 阴功:阴德,指暗中有德于人的功业。
3 天眷:上天眷顾。

第二〇〇则

言不可尽信,必揆[1]诸理;
事未可遽行[2],必问诸心。

注释

1 揆(kuí):判断,衡量。
2 遽行:急忙,仓促地做事。

第二○一则

兄弟相师友,天伦之乐¹莫大焉;
闺门²若朝廷,家法之严可知也。

※ 注释

1 天伦之乐:泛指家庭的乐趣。
2 闺门:本指城墙之小者,后指内室之门,也指家门。

第二〇二则

友以成德[1]也，人而无友，
则孤陋寡闻[2]，德不能成矣；
学以愈[3]愚也，人而不学，
则昏昧无知，愚不能愈矣。

※ 注释

1 成德：成就德业。
2 孤陋寡闻：学识浅薄，见识不足。
3 愈：治愈，医治。

第二〇三则

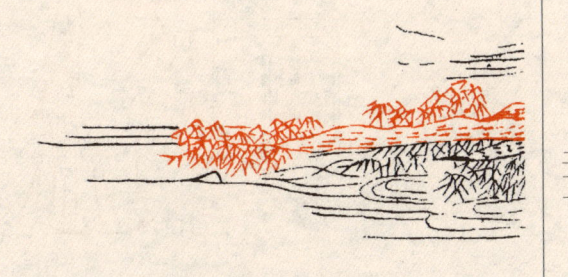

明犯国法,罪累¹岂能幸逃²?
白得人财,赔偿还要加倍。

※ 注释

1 罪累:罪行,罪过。
2 幸逃:侥幸逃脱。

第二〇四则

浪子回头[1]，仍不惭为君子；
贵人失足[2]，便贻笑于庸人。

注释

1 浪子回头：浪荡的人改过自新，重新做人。
2 失足：犯下严重的错误。

第二〇五则

饮食男女，人之大欲存焉[1]，
然人欲既胜，天理或亡。
故有道之士，必使饮食有节，男女有别。

※ 注释

1 饮食男女，人之大欲存焉：语出《礼记·礼运》："饮食男女，人之大欲存焉；死亡贫苦，人之大恶存焉。"男女，指男女间的情爱欲望。大欲，主要的欲望。

第二〇六则

东坡¹《志林》有云："人生耐贫贱易，耐富贵难；安勤苦易，安闲散难；忍疼易，忍痒难；能耐富贵、安闲散、忍痒者，必有道之士也。"余谓如此精爽²之论，足以发人深省，正可于朋友聚会时，述之以助清谈³。

注释

1 东坡：苏轼，眉州人，字子瞻，号东坡居士。北宋文学家，著有《易传》《书传》《仇池笔记》《东坡志林》等。

2 精爽：精要。

3 清谈：清雅的言谈、议论。

第二〇七则

余最爱《草庐日录》[1]有句云:"淡如秋水贫中味,和若春风静后功。"读之觉矜平躁释[2],意味深长。

※ 注释

1 《草庐日录》:吴与弼著。吴与弼,字子傅,号康斋,明代思想家。
2 矜平躁释:使自负孤傲之心平静,浮躁之气消解。矜,自负,傲气。躁,烦躁。释,解除。

第二〇八则

敌加于己,不得已而应之,
谓之应兵,兵应者胜;
利人土地[1],谓之贪兵,兵贪者败。
此魏相论兵[2]语也。然岂独用兵为然哉?
凡人事之成败,皆当作如是观[3]。

注释

1 利人土地:贪求别国土地之利。
2 魏相论兵:魏相,西汉济阴定陶人,字弱翁,宣帝时为丞相,元康年间,宣帝与后将军赵充国欲伐匈奴,魏相上书阻谏,宣帝因之停止了攻打匈奴的计划。
3 当作如是观:应当用这种观点去看待。

第二○九则

凡人世险奇之事，决不可为，或为之而幸获其利，特¹偶然耳，不可视为常然也。可以为常者，必其平淡无奇，如耕田读书之类是也。

※ 注释

1 特：只是。

第二一〇则

忧先于事故能无忧，事至而忧无救于事，此唐史李绛[1]语也。
其警人之意深矣，可书以揭诸座右[2]。

注释

1. 李绛：唐代赞皇（今属河北）人，字深之。元和中拜相，历仕宪、穆、敬、文诸朝，为官敢于直谏。
2. 揭诸座右：将激励自己的文字或警言写在座位右侧。古人常将所珍视的文、书、字、画放置于右侧，用以激励和鞭策自己。

第二一一则

尧、舜大圣，而生朱、均[1]。
瞽、鲧[2]至愚，而生舜、禹。
揆以余庆余殃之理，似觉难凭。
然尧、舜之圣，初未尝因朱、均而灭。
瞽、鲧之愚，亦不能因舜、禹而掩，
所以人贵自立也。

注释

1 朱、均：尧之子丹朱，舜之子商均，均不肖。
2 瞽、鲧：舜之父瞽叟，曾与后母及舜弟害舜。禹之父鲧，治水无功。

第二一二则

程子[1]教人以静,朱子[2]教人以敬,静者心不妄动之谓也,敬者心常惺惺[3]之谓也。又况静能延寿,敬则日强,为学之功在是,养生之道亦在是,静敬之益人大矣哉,学者可不务乎?

注释

1 程子:对宋代理学家程颢、程颐的尊称。
2 朱子:南宋理学家朱熹。
3 惺惺:清醒,机灵。

第二一三则

卜筮[1]以龟筮为重，故必龟从筮从[2]乃可言吉。
若二者有一不从，或二者俱不从，
则宜其有凶无吉矣。
乃《洪范》稽疑[3]之篇，
则于龟从筮逆者，仍曰作内吉。
于龟筮共违于人者，仍曰用静吉。
是知吉凶在人，圣人之垂戒[4]深矣。
人诚能作内而不作外，用静而不用作，
循分守常，斯亦安往而不吉哉！

注释

1 卜筮：古时预测事情占卜吉凶的方法主要有两种，用龟甲称为"卜"，用蓍草称为"筮"，合称为"卜筮"。
2 龟从筮从：龟卜和筮卜都顺从。
3 稽疑：用卜筮决疑。
4 垂戒：传达的训诫。

第二一四则

每见勤苦之人绝无痨疾¹，显达之士多出寒门，此亦盈虚消长²之机³，自然之理也。

※ 注释

1 痨疾：痨病，结核病。
2 盈虚消长：盈满就会走向亏损，消耗尽了就会转为增长。指事物的发展变化。
3 机：事物变化之所由。

第二一五则

欲利己,便是害己;
肯下人[1],终能上人。

※ 注释

1 下人:屈居人下。

第二一六则

古之克孝[1]者多矣,独称虞舜为大孝,
　　　盖能为其难也;
古之有才者众矣,独称周公为美才,
　　　盖能本于德也。

※ 注释

1 克孝:能够尽孝道。克,能。

第二一七则

不能缩头[1]者，且休缩头；
可放手者[2]，便须放手。

※ 注释

1 缩头：比喻不该逃避而逃避。

第二一八则

居易俟命[1]，见危授[2]命，言命者，
　　总不外顺受其正[3]；
木讷[4]近仁，巧令鲜仁[5]，求仁者，
　　即可知从入之方。

※ 注释

1 居易俟命：安于自己的处境以等待命运的安排。俟，等待。
2 授：给予。
3 顺受其正：顺应正常的命运。
4 木讷：质朴迟钝，不善言辞。
5 巧令鲜仁：花言巧语，面容伪善。

第二一九则

见小利,不能立大功;
存私心[1],不能谋公事。

注释

1 私心:考虑自身利益的念头和想法。

第二二〇则

正己¹为率人之本,
守成²念创业之艰。

※ 注释

1 正己:端正自己的言行举止。
2 守成:保持前人的成就和业绩。

第二二一则

在世无过百年,总要作好人、存好心,
　　留个后代榜样;
谋生各有恒业,哪得管闲事、说闲话,
　　荒我正经工夫。

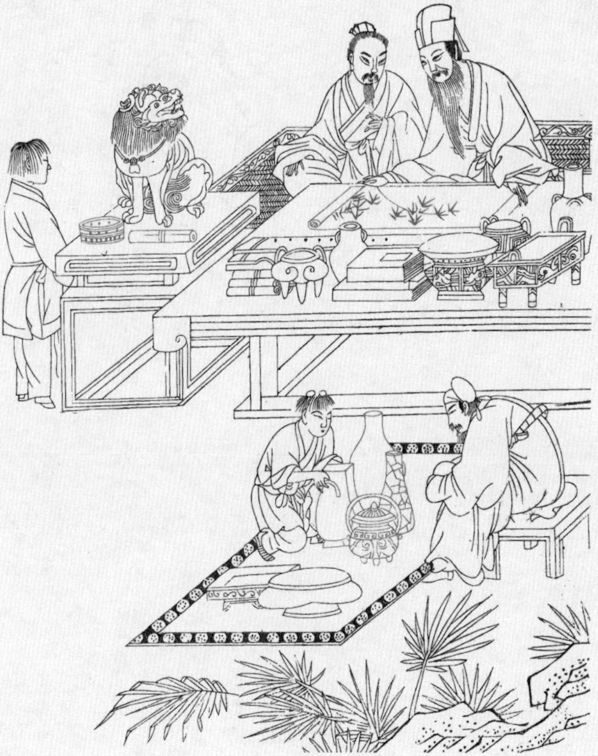